AF343906

COLLECTION

LAURENT-RICHARD

LA VENTE LAURENT RICHARD. — La vente des tableaux de M. Laurent Richard, le tailleur, qui a eu lieu hier, a dépassé tout ce que l'on a vu jusqu'à ce jour en fait de folies artistiques. Il est vrai que cette collection était admirablement choisie et composée tout entière de toiles appartenant à l'école française contemporaine.

M. Charles Pillet dirigeait la vente ; expert, M. Durand-Ruel.

Voici les prix obtenus par les principaux tableaux :

		francs.
Corot	—Nymphes et Faunes	23.000
—	Danses de Nymphes	14.000
—	Souvenir de Marissel	15.100
Decamps	—Un Chenil	9.700
—	Un Mendiant	5.200
—	Le Renard pris	9.100
E. Delacroix	—Médée	59.000
—	Christ au tombeau	19.000
—	Saint-Sébastien secouru	31.500
—	Christ en Croix	20.000
—	Lièvre et Lapin	31.050
Diaz	—Descente de bohémiens	15.000
—	Une Eclaircie	25.700
J. Dupré	—La Mare aux Chênes	38.000
—	Le Pont	28.500
—	Les Landes	30.000
—	La Rivière	36.000
—	La Barque	19.500
—	L'Etang	18.000
—	Marine	19.000
—	Arbres au bord de l'eau	17.050
—	Le Petit pont	12.800
Fromentin	—La Fantasia	40.500
Marilhat	—L'Enfant prodigue	30.500
Meissonier	—Le Joueur de guitare	37.000
—	Soldat sous Louis XIII	31.200
Millet	—La Femme à la lampe	38.500
Th. Rousseau	—Le Givre	60.100
—	Le Vieux Dormoir	34.000
—	Les Bûcheronnes	36.000
—	Lisière de Clairbois	33.500
—	Métairie sur l'Oise	38.200
—	Cours d'eau (Sologne)	40.000
—	L'Automne (Fontainebleau)	37.000
—	Plaine et Marais	30.000
—	Landes boisées (Sologne)	17.200
Troyon	—Le Gué	62.000
—	Berger et Moutons	41.700
—	Vaches, soleil couchant	27.050
—	Retour du troupeau	25.500
—	Animaux à l'ombre	19.200
Ziem	—Stamboul	12.000
—	Venise	12.000

Le total de la vente a été de 1.398,550 fr. Les acquéreurs ont payé 69,927 francs de droits. C'est une belle journée pour MM. les commissaires-priseurs, qui, on le sait, partagent tous par moitié avec celui de leurs confrères qui est chargé de la vente. Et nous ne faisons pas figurer ici les droits payés par le vendeur, encore très importants, et qui ont été déterminés de gré à gré.

Marilhat : l'*Enfant prodigue*, 30.500 fr.

Prudhon : *Andromaque*, 9,300 fr.

Chardin : le *Gobelet d'argent*, 3,800 fr. ; la *Marmite de cuivre*, 4,550 fr.

Clays : *Calme plat*, 10,000 fr.

Jongkind : *Canal de Hollande*, 4,000 fr.

Pater : *Halte de chasse*, 12,300 fr.

Millet : la *Jeune Femme à la lampe*, 38,500 fr. ; la *Lessiveuse*, 15,350 fr.

Meissonier a atteint de beaux prix : *Un Soldat sous Louis XIII* a été payé 31,000 fr., et le *Joueur de Guitare*, 37,000 fr., à M. Rutter.

Enfin les Troyon ont hautement soutenu leur réputation : *Le Gué*, 62,000 fr. ; *Bergers et Moutons*, 41,700 fr. (ces deux importantes toiles appartiennent maintenant à M. Rousseau) ; *Vaches au soleil couchant*, 27,050 fr. ; *Retour du troupeau*, 25,500 fr. ; *Animaux à l'ombre*, 19,200 fr. ; *Garde et Chien*, 15,950 fr., acquis par M. Pillet-Will.

Mr Durand Ruel en a acheté pour 602.000 f. (sans les frais.)
Mr Laurent Richard en a racheté 88.200 f. le dont les 4os.

La vente Laurent Richard.

—

Ce qui fait la grande importance de la vente de la collection Laurent Richard c'est moins encore le chiffre énorme qu'elle a atteint — *un million quatre cent mille francs* — que le fait qu'elle n'était composée, sauf Chardin, que de tableaux d'artistes vivants ou morts depuis peu. Ainsi donc les capitaux se portent aussi bien sur les œuvres modernes que sur les toiles séculaires. A la vérité, ce n'est pas souvent l'artiste qui bénéficie de ces plus-values considérables.

Deux exemples de ces plus-values : *Nymphes et Faunes*, toile de Corot qu'on offrait pour 3,000 francs, il y a dix ans, à l'exposition des Amis des arts de Bordeaux, a été adjugée à M. Defoer au prix de 23,000 fr. De même pour la *Mare aux Chênes* de Jules Dupré qui, à la même époque, ne trouva pas acquéreur à 1,600 et que M. Fremyn a payé avec joie 38,000 fr.

Voici les principales enchères de la vente d'hier :

Ziem : — Une *Vue de Stamboul* et une *Vue de Venise*, 24,000 fr.

Fromentin : — La *Fantasia*, 40,500 fr., adjugée à M. Romier.

Diaz : — Une très belle *Descente de Bohémiens*, 15,000 fr. et l'*Eclaircie dans la Forêt*, 22,700 fr.

Jules Dupré était représenté par 12 tableaux qui ont été vendus 249,200 : — La *Mare aux Chênes* a été adjugée à 38,000 fr., à M. Fremyn ; la *Rivière*, 36,000 fr., à M. Rousseau ; Une *Marine*, 19,000 fr. ; le *Pont*, 28,500 fr., à M. Féra, peintre ; l'*Etang*, 18,000 fr., à M. Defoer ; *Grands Arbres*, 19,050 fr., à M. Bamberger ; le *Petit Pont*, 12,800 fr., à M. Rutter.

3 Decamps : — *Un Chenil*, 9,700 fr. ; *Un Mendiant*, 5,000 fr. ; le *Renard pris au piège*, 9,100 fr.

Les Corot étaient au nombre de 4 : *Nymphes et Faunes*, 23,000 fr., à M. Defoer ; *Danses de Nymphes*, 14,000 fr., à M. Hoschedé ; *Souvenir de Marisel*, 15,100 fr. ; la *Métairie*, 8,200 fr., à M. Delfus.

Six tableaux d'Eugène Delacroix ont produit 187,850 fr. Les deux toiles les plus importantes ont été adjugées : la *Médée*, à 59,000 fr. ; le *Lion et le Lapin*, à 31,050 fr. (acquis par M. Gaucher).

11 Rousseau très importants : 353.200 fr. en tout — *Le Givre*, 60,100 fr. ; *Une Métairie*, 38,200 fr ; *Cours d'eau dans la Sologne*, 40,000 fr, acquis par le baron Liebig ; *Plaine et Marais*, 30,000 fr. ; l'*Automne au Jean-de-Paris*, 37,000 fr. ; *Souvenir du bois d'Oncy*, a été acheté 13,100 fr. par M. Welles de Lavalette.

Géricault était représenté par deux petites toiles : *Un Lancier rouge*, 11,700 fr. ; l'*Amazone*, 11,800 fr.

CATALOGUE

DES

TABLEAUX

COMPOSANT LA COLLECTION

LAURENT-RICHARD

DONT LA VENTE AURA LIEU

HOTEL DROUOT, Salles N°s 8 & 9

Le Lundi 7 Avril 1873

A DEUX HEURES

EXPOSITIONS

PARTICULIÈRE	PUBLIQUE
Le Samedi 5 Avril 1873	*Le Dimanche 6 Avril 1873*

DE 1 HEURE A 6 HEURES

COMMISSAIRE-PRISEUR	EXPERT
Me CHARLES PILLET	M. DURAND-RUEL
10, rue de la Grange-Batelière	16, rue Laffitte.

CE CATALOGUE SE DISTRIBUE

A PARIS, CHEZ

Me CHARLES PILLET,
COMMISSAIRE-PRISEUR,
10, rue de la Grange-Batelière.

M. DURAND-RUEL,
EXPERT,
16, rue Laffitte.

IL SE TROUVE ÉGALEMENT :

A Londres,   chez M. *Durand-Ruel*, 168, New Bond street.
A Bruxelles,   —   4, rue du Persil.
A Vienne,   —   8, Elizabethstrasse.
A Berlin,   *Lepke*, 4, unter den Linden.
A Saint-Pétersbourg, *Negri*, 14, Perspective de Newski (Maison Mo-
                derni).

CONDITIONS DE LA VENTE.

Elle sera faite au comptant.

Les adjudicataires payeront *cinq pour cent* en sus des enchères.

Paris. — Imprimerie de Pillet fils aîné, 5, rue des Grands-Augustins.

« *Théodore Rousseau va tout droit à la postérité, en tête*
« *de la pléïade de nos paysagistes contemporains ; car ils*
« *sont plusieurs qui, avec Rousseau, passionneront les ama-*
« *teurs futurs, de même que nous nous passionnons pour*
« *Ruysdaël, pour Hobbéma, pour Albert Cuijp. Diaz a*
« *peint des merveilles, et certains paysages à choisir dans*
« *son œuvre sont insurpassables. Jules Dupré est un vrai*
« *grand maître, savant, profond, expressif. Troyon sou-*
« *vent égale Albert Cuijp. Et si vous prenez aussi Decamps*
« *et Delacroix comme paysagistes, quel groupe superbe*
« *et charmant pour rivaliser avec le groupe des Hollan-*
« *dais du dix-septième siècle ! Ajoutez quelques rêves poéti-*
« *ques de Corot, Decamps et Marilhat, et toute une géné-*

« *ration nouvelle qui aime naïvement la nature. En con-*
« *science, c'est la peinture du paysage qui illustrera*
« *l'École française du dix-neuvième siècle.* »

W. BÜRGER.

*Ces lignes, inspirées, en 1867, au plus pénétrant des cri-
tiques contemporains, par le spectacle de l'École française à l'Exposition universelle, auraient pu aussi bien être
écrites à propos de la Collection que voici. En effet, son
caractère très-particulier est de sembler avoir été réunie
pour affirmer l'honneur des maîtres modernes qui ont fait,
de la première partie de ce siècle, une des plus glorieuses
époques de la peinture ; car, ils ont, en quelque sorte, res-
titué la nature telle que l'avaient comprise et exprimée
Rembrandt et Philip Koninck, Van Goien et Wijnants,
Salomon et Jacob Van Ruysdaël, Hobbéma et Van der
Meer de Delft, Albert Cuijp et Aart Van der Neer.*

*Aux noms cités par W. Burger, nous ajouterons, sans
hésiter, celui de Millet, dont lui-même a écrit, en 1864,*
« *qu'il ne songeait pas plus aux maîtres Hollandais qu'aux*
« *Italiens et aux Français, mais que sa peinture avait un*

« caractère sérieux, profond et attachant, outre que la
« couleur en est juste, tout-à-fait expressive de la nature,
« dans une tonalité très-forte malgré sa sobriété. »

La réunion des œuvres présentées ici au public a donc,
par le fait, la valeur d'une profession de foi artistique. Le
goût exclusif qui y a présidé lui donne l'importance d'une
manifestation esthétique, et, quel que soit le résultat de cette
vente, elle aura certainement une place de choix dans la
chronique de l'art contemporain. Car c'est un événement
véritable que la dispersion de tableaux de cette valeur,
groupés avec une méthode aussi rigoureuse, et dont l'ensemble présentait aux yeux une des plus grandes pages de
l'histoire de la peinture française.

Les quelques toiles qui ne semblent pas rentrer absolument dans l'ordre d'idées que nous signalons ont chacune
une légende qui nous dispens d'insister sur leur mérite.
Il n'en est pas une d'ailleurs, parmi les soixante-deux
réunies ici, qui ne soit assez incontestable et incontestée
pour que toute appréciation nouvelle ne soit superflue.

Nous nous sommes donc borné à les décrire, en insistant

sur les détails qui peuvent les faire distinguer sûrement
dans l'œuvre de leurs auteurs et permettre de les y classer
sans incertitude, aucune préoccupation relative à leur
authenticité n'étant permise.

Qu'il nous soit permis de remercier ici M. Alfred Sen-
ui a bien voulu nous aider de son expérience et de
ses souvenirs, et M. Moreau, qui a mis à notre disposition
les épreuves de son livre : DELACROIX ET SON ŒUVRE.

ARMAND SILVESTRE.

Février 1873.

DÉSIGNATION

DES

TABLEAUX

BOILLY

1 — L'Effroi.

Dans une chambre coquette, une jeune fille blonde
est assise, auprès d'un guéridon couvert de livres.
Elle est vêtue de blanc, la poitrine légèrement décou-
verte, un livre entr'ouvert dans sa main droite qu'elle
laisse pendre, et sourit de la frayeur de son amie dont
un petit singe, blotti dans le coin droit du tableau,
effleure la jupe de sa longue patte.

Celle-ci, dont la chevelure d'un blond plus foncé
que celle de sa compagne est retenue par un ruban
vert qui la laisse flotter, a la taille entourée d'un fichu
noir, et une guimpe chiffonnée s'ouvre sur sa poitrine. Sa figure exprime une terreur comique et l'hor-
reur du petit animal qui a saisi un des plis de sa
robe grise.

Cette composition gracieuse est exécutée avec un
soin infini, dans une tonalité discrète, et d'un pinceau
léger ; les étoffes, à peine empâtées, ne manquent cependant pas de relief.

Haut., 39 cent.; Larg., 22 cent.

A appartenu au baron de Cipierre.

2

CHARDIN

2 — **Le Gobelet d'argent.**

Sur une double table de pierre sont déposés une carafe à moitié pleine et, plus bas, un gobelet d'argent, une pomme, des cerises et des abricots.

Haut., 44 cent.; Larg., 49 cent.

A appartenu à la collection Laperlier.

CHARDIN

3 — **La Marmite de cuivre.**

Une marmite de cuivre avec une écumoire posée en
travers, un pot à eau, une petite terrine brune, des
œufs et des légumes.

Haut., 31 cent.; Larg. 40 cent.

A appartenu à la collection Laperlier.

CLAYS

4 — Calme plat.

Sous un ciel qui, d'un bleu pur en haut du tableau, parcourt, en descendant vers l'horizon, toute la gamme des gris jusqu'au gris-roux des brouillards chauds, des bâtiments aux hautes voiles jaunes et blanches, profondément réfléchies dans une eau d'un bleu tirant sur le vert et d'une finesse exquise, sont immobiles. Un vaisseau à la haute mâture complétement garnie occupe la partie droite et le centre de la toile; d'autres apparaissent, plus lointains, dans le coin gauche, et derrière eux la rive fuit, riante et animée.

Grande impression de lumière et de sérénité.

Les parties en pleine lumière et le premier plan sont peints en pleine pâte. L'exécution générale est large et précise, et la tonalité d'une grande finesse.

Haut., 63 cent.; Larg., 1 m. o5 cent.

A figuré à l'Exposition universelle de 1867.

COROT

5 — Nymphes et faunes.

Deux roches, dont l'une à droite, éclairée par un jour frisant, reflète en roux ses parois presque verticales dans une eau dormante, tandis que l'autre, plus accidentée, est dans l'ombre; entre elles un arbre, à la verdure sombre, s'élève droit au centre du tableau; son tronc, qui traverse une éclaircie de lumière d'un jaune très-fin, se réfléchit avec précision dans le triangle lumineux que le coin de ciel entrevu projette sur l'étang.

A gauche et à l'ombre d'autres arbres, moins élevés, au feuillage aérien de gris-vert et d'argent, des nymphes dansent avec des faunes; l'une d'elles, la plus rapprochée, porte une tunique d'un violet clair très-fin.

Impression d'ombre et de fraîcheur, au déclin du jour, qui ne frappe plus qu'obliquement les rochers et le feuillage.

Exécution relativement très-poussée, dans une tonalité presque chaude.

Haut., 96 cent.; Larg., 128 cent.

A figuré à l'Exposition de 1869.

COROT

6 — **Danse de nymphes**.

Des nymphes dansent en rond dans une façon
de cirque naturel formé par le terrain, à l'ombre de
grands arbres. Une large traînée de vert-gris très-lumineuse en marque le centre, le soleil ayant troué le
feuillage sombre à cet endroit. Ses reflets se posent
sur les épaules des danseuses, et l'horizon d'un bleu
très-pâle apparaît, par nappes claires, derrière les
troncs d'arbres espacés.

L'exécution est large mais précise, et la tonalité
générale assez relevée.

Haut., 64 cent.; Larg., 83 cent.

A appartenu à la collection Gavet.

COROT

7 — Souvenir de Marissel (près Beauvais).

Un chemin qui descend vers une large mare occupant tout le premier plan, aboutit, en haut, à une petite église gothique à trois étages, placée un peu à droite du centre du tableau. Une double rangée d'arbres droits, aux troncs minces et rectilignes qu'un bouquet de feuillage très-léger couronne, borde ce joli sentier que traversent des traînées de lumière. Deux femmes le descendent, et, plus bas, à droite, une autre lave le linge au bord de l'eau, où tout le paysage se reflète avec une précision minutieuse.

Le clocher se détache nettement du ciel très-clair à l'horizon, en gris-bleuâtre relativement intense. Les branchages transparents de l'avenue sont traversés en tous sens par la lumière, et les bouleaux étincellent, comme des baguettes d'argent, dans ce bois profond mais sans densité.

Impression de printemps encore peu avancé ; aucun brouillard dans l'air limpide.

C'est un Corot très-dessiné et dont aucun vague ne fait flotter les silhouettes. Il est peint dans une tonalité fine et brillante, avec une grande fermeté, et particulièrement lumineux.

Une légende, qui évoque celle des *Raisins* d'Apelles, est contée, sur ce tableau, par le peintre lui-même. Alors qu'il l'achevait, un petit enfant, qui jouait auprès de lui, approcha son gobelet de la mare du premier plan pour l'y remplir.

Haut., 55 cent.; Larg., 43 cent.

A figuré à l'Exposition de 1867.

COROT

8 — La Métairie.

A gauche du tableau, la partie supérieure d'une habitation dont le pied se perd dans la verdure et dont la droite est cachée par un haut bouquet d'arbres au feuillage sombre, que coupent de filets d'argent les cîmes échevelées de bouleaux. Au pied de ce bouquet, une vache rousse au museau blanc, et, derrière, s'étendant vers la droite, un étang d'eau très-limpide, où la rive opposée se réfléchit vaguement dans une vapeur vibrante.

Herbage d'un vert-gris assez foncé, que dominent des buissons épais sur la rive qui forme le premier plan, et qu'animent quelques figures : trois femmes, dont une accroupie sur la gauche, coiffées de blanc, de jaune et de bleu, et une autre coiffée de jaune sur la droite.

Le ciel est clair et d'une grande finesse.

Exécution très-calme et très-poussée. Les lointains seulement sont enveloppés d'un brouillard léger et lumineux.

Haut., 55 cent.; Larg., 80 cent.

DECAMPS

9 — **Un Chenil.**

Près d'une cabane en pierre qu'une lumière blanche inonde et où pend une tête de mouton dépouillée, deux bassets, assis devant une auge, semblent attendre qu'on la remplisse. L'un d'eux, vu de côté, est blanc, coiffé de marron ; la robe de l'autre est d'un brun chaud, le museau seul étant blanc, et il se présente de trois quarts.

Au fond et à la partie gauche du tableau, les têtes d'autres chiens à longues oreilles dépassent une petite barrière de planches.

Peint en pleine p .te sans relief excessif, dans une tonalité très-lumineuse.

Haut., 20 cent.; Larg., 24 cent.

Catalogué dans le livre de M. Moreau sur l'œuvre de Decamps.

DECAMPS

10 — Un Mendiant.

Un vieillard à barbe blanche est assis devant un mur, enveloppé d'un grand manteau et les mains posées sur un bâton; près de lui un petit garçon, vêtu d'une chemise blanche et une gibecière pendue au côté, se tient debout, et tous deux occupent la gauche du tableau, noyés dans une ombre égale, que rompt seulement, vers le centre du tableau, une porte ouverte sur un mur incandescent de lumière.

Près de cette porte une mendiante est debout, appuyée aussi sur un long bâton.

Impression d'ombre, dans un lieu retiré, par un jour de grande chaleur et de plein soleil.

Peint avec finesse dans une pâte très-lavée.

Haut., 21 cent.; Larg., 17 cent.

DECAMPS

11 — Le Renard pris au piége.

Le vieux garde, coiffé d'un mouchoir blanc que surmonte un chapeau rond, son fusil d'une main, de l'autre rapprochant de son nez des lunettes de forme ancienne, est guidé par son chien vers l'endroit pierreux où le renard, pris au piége, s'aplatit inutilement sur la roche pour se cacher.

Cette scène occupe la gauche du tableau, la droite étant remplie par un paysage riant s'abaissant sous un ciel d'un bleu foncé.

Exécution très-poussée ; tonalité générale très-lumineuse.

Panneau ovale. — Axe en haut., 25 cent.; Axe en larg., 35 cent. —

A figuré dans la vente Michel de Trétaigne.

EUG. DELACROIX

12 — Médée.

Dans un creux de roche très-sombre, s'ouvrant à gauche sur le ciel et le paysage lumineux, Médée ramène violemment ses deux fils sur ses genoux ; elle soutient par le cou l'un d'eux, de son bras droit, le long de sa cuisse, et pose, sur le dos de l'autre, sa main gauche armée d'un poignard, tandis que la droite le saisit sous le bras.

Le front de Médée est dans l'ombre, couronné d'un diadéme, et sa chevelure sombre flotte sur ses épaules ; une draperie noire, dont la bordure rouge se retrousse à la ceinture et sur les pieds, la prend au-dessous du torse qui est en pleine lumière. Une courroie brillante descend de l'épaule gauche et retient, entre les seins, une étoffe d'un rose tendre. La main droite porte un large bracelet.

L'enfant placé à gauche est complétement nu, et un lambeau d'étoffe, d'un bleu clair tirant sur le gris, court sur les reins et les épaules de l'autre. Expression de douleur inconsciente chez le premier, de terreur profonde sur la face du second, en partie dans l'ombre.

Les nus sont dans une lumière violente et d'un modelé très-sévère. Le paysage est peint dans une manière très-large ; l'exécution générale est très-poussée.

Haut., 1 m. 21 cent.; Larg., 98 cent.

A appartenu à la collection Pereire.

EUG. DELACROIX

13 — Christ au tombeau.

Devant un paysage montueux d'un bleu profond aux crêtes lumineuses, et sur lequel s'ouvre un double rocher, très-élevé et sombre sur la gauche, obliquement éclairé et moins haut vers la droite, le Christ est étendu sur la pierre de son tombeau. Son visage défiguré fait face au spectateur, et sa main droite pend jusqu'à terre. Devant lui et au premier plan, saint Jean drapé de rouge est à genoux, les jambes repliées dans une pose abattue, la tête basse et contemplant douloureusement la couronne d'épines qu'il tient de ses deux mains.

A ses pieds, la poitrine en pleine lumière, vêtue de rouge et voilée de noir, Madeleine, souievant d'une main le suaire, contemple avec douleur les stigmates des clous.

La Vierge, en robe noire, qui soutenait sur ses genoux la tête de son Fils, s'évanouit, et un personnage, drapé de vert et coiffé de rouge, la soutient à grand peine.

Deux autres témoins de ce drame poignant, un homme et une femme debout et formant le groupe central du tableau, pleurent amèrement.

Cette admirable composition est d'une exécution achevée.

Haut., 55 cent.; Larg., 46 cent.

EUG. DELACROIX

14 — Saint Sébastien secouru.

Au milieu d'un paysage rocheux d'un bleu intense, le saint, péniblement soutenu dans la posture d'un homme assis, est secouru par deux femmes, dont l'une arrache avec un soin pieux l'une des flèches qui l'ont blessé, tandis que l'autre offre un appui à sa faiblesse. Celle de gauche est vêtue d'une draperie bleue ; celle de droite porte une tunique jaune retombant sur une robe violacée. Au premier plan, un casque, un sabre et une draperie rouge.

Le terrain et le ciel, très-tourmentés, parcourent toute la gamme des bleus et des gris.

— (Signé 1859.)

Haut., 36 cent.; Larg., 5o cent.

A figuré au salon de 1859 ; a fait partie de la collection Khalil-Bey.

Ce tableau est catalogué dans le livre de M. Moreau : Delacroix et son œuvre.

EUG. DELACROIX

15 — Christ en Croix.

Le Christ apparaît dans toute sa hauteur au centre du tableau. Au pied de la croix, Madeleine dont l'épaule nue se dégage, lumineuse, d'une draperie d'un rouge intense; à gauche, la Vierge évanouie dans les bras de saint Jean; à droite, soldats gardant le divin supplicié.

Le corps du Christ seul se développe dans son entier; tous les autres personnages sont coupés à mi-corps.

La tonalité générale est très-fine dans une gamme sombre, et l'exécution fougueuse dans une pâte légèrement fluide.

Haut., 40 cent.; Larg., 32 cent.

A appartenu à la collection Gavet.

EUG. DELACROIX

16 — Lion et Lapin.

Dans une infractuosité de roc, sur un sol que couvre une verdure menue, le lion, d'un beau jaune fauve, est étendu sur le ventre, tenant sa victime entre ses larges pattes et posant sa mâchoire, avec un rictus, sur son échine qu'il ploye. La griffe droite est retournée sous le cou, et la gauche s'appesantit sur les reins du lapin dont le ventre blanc touche la terre.

L'antre s'ouvre, à droite, sur un paysage très lumineux, d'un azur intense vers le haut, d'un vert tendre vers le bas.

Peint par touches allongées, avec les clairs vigoureusement empâtés.

Haut., 45 cent.; Larg., 55 cent.

A fait partie de la collection Arago.

EUG. DELACROIX

17 — Lion debout.

Le bel animal, qui sort d'un creux de rocher, se roidit sur ses pattes nerveuses, comme pour préparer un bond formidable. Sa robe est d'un roux foncé, que traversent de larges traînées de jaune fauve, partout où sa peau plissée accroche la lumière.

Au dehors, ciel d'un bleu très-foncé.

Haut., 27 cent.; Larg., 35 cent.

A figuré à la vente Bonnet (1853).

DIAZ

18 — Descente de Bohémiens.

Par un chemin escarpé, bordé de roches jaunes que
surmontent des arbres rouillés aux troncs d'argent,
descend une troupe de Bohémiens aux costumes mul-
ticolores, composée en partie de jeunes femmes et d'en.
fants. Ils sont entassés dans le défilé étroit où les
poursuit une traînée de lumière, provenant d'une
éclaircie de ciel à travers les feuillages, vers le centre
du tableau.

La nue apparaît, par cette ouverture, pommelée de
violet et de safran.

Au premier plan, une femme vêtue d'oripeaux
bleus et rouges est assise, tenant un enfant sur ses
genoux ; à ses pieds, deux chiens blancs, tachetés l'un
de roux, l'autre de noir, jouent au bord d'une mare
où se réfléchit le sol pierreux qui descend à pic sur la
droite.

Empâtements violents sur les premiers plans. Les
tons de rouille dominent dans le paysage, et la lumière
qui se répand sur les voyageurs est légèrement rosée.

Haut., 60 cent.; Larg., 43 cent.

A fait partie de la vente Marmontel.

DIAZ

**19 — Une Éclaircie dans la forêt de Fontaine-
bleau.**

De grands arbres au feuillage rare et rouillé, aux
troncs blancs et lumineux, se rejoignent par le haut,
laissant à découvert un large morceau de ciel que
parcourent, à l'horizon, des nuages d'un gris sombre
tirant sur l'ardoise; au centre, une cataracte de lumière
blanche déborde ce bourrelet de vapeurs et se répand,
par larges ondées, sur le terrain qu'elle teint d'un
jaune éclatant.

A gauche et à droite, au pied des arbres et entre
eux, le sol est couvert d'une verdure brûlée par le
soleil; le long d'un pli de terrain que creuse le tertre
d'où jaillit le bouquet des arbres de gauche, la
lumière tamisée à l'infini et, comme en poussière,
dessine un ruisseau poudreux d'un gris très-fin.

Impression d'automne d'une exécution magistrale.
C'est par les changements de coloration, produits sur
la lumière par les milieux qu'elle envahit, que les
sinuosités du terrain sont surtout accusées.

Haut., 82 cent.; Larg., 104 cent.

J. DUPRÉ

20 — La Mare aux chênes.

Dans une mare peu profonde et transparente, au pied d'un chêne très-élevé qui occupe toute la gauche du tableau, un troupeau de vaches est descendu.

L'horizon plat est coupé sur la droite par un bouquet d'arbres opaque.

Le ciel est clair, traversé de nuages fuyants et très-nets se découpant, en gris sombre ou en vapeurs blanches arrondies, sur un azur intense. Des bandes de lumière colorée s'étendent en travers sur les terrains.

La tonalité générale est remarquable par son intensité.

Haut., 99 cent.; Larg., 83 cent.

A appartenu à la collection Baroilhet ; à la collection Cachardy ; à la collection Véron ; à la collection de M. le marquis du Lau.

J. DUPRÉ

21 — Le Pont.

Un pont de bois, sur un ruisseau sans profondeur
et plein de cailloux; derrière ce pont s'élève un grand
arbre dont la verdure sombre est trouée par places,
les éclaircies du feuillage laissant entrevoir le ciel
clair. Un enfant en chemise blanche tenant une gaule
à la main, un autre en chapeau de paille animent la
rive gauche. A l'horizon se découpent, sur la droite,
quelques silhouettes d'arbres; des nuages sombres et
bas semblent rouler sur le ciel d'un jaune éclatant et
sillonné, vers le haut, par des nuages opaques frangés
de lumière.

L'eau rare du ruisseau réfléchit la nue tourmentée
et multicolore, et la lumière court, inégale, mais partout éclatante, sur les faces aiguës des pierres.

Peint en pleine pâte dans une tonalité éclatante.
Grande impression de puissance et de calme.

Une des œuvres les plus célèbres de Dupré (*voir*
la *Revue internationale* du 10 février 1870).

Haut., 60 cent.; Larg., 50 cent.

*A appartenu à la collection Boyard; à la collection Mar-
montel; à la collection du prince d'Aquila.*

J. DUPRÉ

22 — Les Landes.

Un premier plan très-étendu où des bruyères d'un rose éclatant jaillissent d'un terrain à la fois humide et argileux ; il fuit, sans autre verdure, jusqu'aux bouquets d'arbres lointains qui bordent un ruban d'eau verte parallèle à l'horizon. Leurs cimes arrondies sont d'un vert profond teinté de rouille, et cette dernière couleur, largement répandue et dominante sur les terrains, indique l'époque avancée de l'année.

Trois vaches, paissant ce maigre pâturage sous la garde d'un bouvier, animent seules ce paysage austère.

Le ciel, très-chargé vers le haut, va s'éclaircissant vers l'horizon.

Ce tableau est peint dans une pâte vigoureuse, très-variée, amoncelée par places suivant les caprices puissants de l'artiste. La tonalité générale a gagné, par le temps, une harmonie sombre où se fondent victorieusement les oppositions éclatantes.

Haut. 65 cent.; Larg., 92 cent.

J. DUPRÉ

23 — La Rivière.

L'eau descend, en s'élargissant, de l'horizon rectiligne et bas ; elle réfléchit, sur la gauche, une rive assez plate que surmontent seulement quelques bouquets d'arbres et quelques chaumières. La rive droite, au contraire, est montueuse et plus boisée, et deux vaches y descendent d'un tertre pour s'abreuver. L'une, dont la robe est blanche et marron, a déjà les naseaux et le poitrail dans l'eau. L'autre s'avance par derrière. De hautes herbes et des roseaux prolongent la berge assez avant.

Le ciel est légèrement brouillé avec de belles éclaircies d'azur.

L'exécution est remarquablement sobre et calme.

Haut., 44 cent.; Larg., 59 cent.

A fait partie de la collection Gavet.

A figuré à l'Exposition universelle de 1867.

J. DUPRÉ

24 — La Barque.

Un paysage plat, que surmontent des bouquets d'arbres espacés et de hauteur presque égale, enferme, dans une rive aux contours très-tourmentés, un étang où le ciel se reflète en éclats vigoureux.

Sur le devant, un homme est assis dans une barque, qui semble immobile sur cette eau sans cours.

Impression d'été et de calme. Exécution en pleine pâte.

(Signé : 1850.)

Haut., 39 cent.; Larg., 59 cent.

A fait partie de la collection Binder.

A figuré à l'Exposition universelle de 1867.

J. DUPRÉ

23 — L'Étang.

Une large mare, où les roseaux et les hautes herbes
se doublent avec une précision impitoyable, occupe
tou e la largeur du premier plan. Une rive plate, que
parcourt une bande de lumière et qui arrive rapide-
ment à l'horizon, la ferme. A gauche, devant une chaumière que cache à demi un arbre penché sur l'eau.
deux vaches, une brune et une rousse, sont pous-
sées vers l'abreuvoir par une paysanne en jupe rouge.
Une autre vache, noire et blanche, est plus avancée
dans l'eau, que bordent, des deux côtés, des bouquets
de saules au feuillage d'argent clair. Un homme est
assis sur la rive opposée.

Le ciel est brouillé mais lumineux, et une éclaircie
d'azur d'une grande pureté troue, vers le milieu, le
rideau des nuages.

Exécution d'une précision merveilleuse, dans une
tonalité vigoureuse et dans un faire très-gras.

Haut. 66 cent.; Larg., 93 cent.

J. DUPRÉ

26 — Marine.

Une mer sombre et très-houleuse sous un couchant rouge et brouillé. Des nuages violacés, frangés de pourpre, ferment, comme un rideau, la partie supérieure du ciel. Une légère éclaircie vers le centre, mais un horizon très-chargé où court une voile noire.

L'eau, d'un vert très-sombre, semble rouler des palmes d'un rouge éclatant.

Exécution très-puissante, dans une tonalité violente où dominent le rouge et le vert.

Haut., 74 cent.; Larg. 95 cent.

J. DUPRÉ

27 — Grands arbres au bord de l'eau.

De grands arbres occupent la droite du tableau et se penchent sur une eau dormante, profonde et sillonnée de lumières argentées. Un homme en chemise blanche et coiffé de rouge est assis dans une barque. Le ciel verdâtre est très-sombre vers le haut du tableau et n'est traversé que d'une très-légère éclaircie. Une traînée de lumière court sur la rive gauche de l'étang.

Ce tableau est d'une exécution particulièrement large et fougueuse, et peint en pleine pâte.

Haut., 94 cent.; Larg., 75 cent.

J. DUPRÉ

28 — La Ferme.

Horizon fermé, très-près du premier plan, par deux
chaumières entourées d'arbres, ne laissant entre elles
qu'une éclaircie étroite. Deux vaches, l'une debout,
l'autre assise, occupent le coin gauche, au pied de la
chaumière. Une berge élevée, verdoyante et presque à
pic descend, sur la droite, vers une petite mare que
coupe le bas du tableau, et où des canards barbot-
tent joyeusement dans la lumière.

De grandes traînées de soleil tombent à plat sur le
sentier qui sépare les deux maisonnettes, sur leurs
murs blancs, sur l'eau dormante; des éclats de lumière,
accrochés aux feuillages qui semblent filtrer le jour,
donnent une impression de journée très-chaude dans
un lieu humide et relativement frais.

Exécution volontairement puissante dans une tonalité très-brillante.

Haut., 49 cent.; Larg., 40 cent.

A fait partie de la collection Boulanger.

J. DUPRÉ

29 — **Le Petit pont.**

Sur une petite rivière dont l'eau peu profonde clapotte sans courir, un petit pont de bois vermoulu est jeté, une femme en cornette blanche le traverse.

La rive gauche qui fait retour, derrière le pont, jusqu'au centre du tableau, est ombragée de hauts arbres ; des bouquets de saules argentés en occupent le bas. Sur la droite, et un peu en avant du pont, deux vaches s'abreuvent, et, par derrière, la rive apparaît, peu boisée.

Le ciel, très-lumineux vers le haut, va se brouillant à l'horizon où il revêt des gris orageux.

Exécution très-large et très-puissante dans une tonalité fine, parcourant toute la gamme des gris bleus et verts.

Haut., 33 cent.; Larg., 28 cent.

A fait partie de la collection de M. Alfred Sensier.
A figuré dans la vente Marmontel.

J. DUPRÉ

30 — Orme penché sur l'Oise.

Un orme, long et touffu, affectant la forme d'un plumet très-fourni, s'élance d'une saulée occupant la gauche du tableau, et s'incline sur une eau très-claire, que borde une rive plate et basse.

Sur cette rive, vers la droite et assez près de l'eau pour s'y réfléchir, s'élève un bouquet de trois hauts arbres, et un village apparaît dans le lointain. Vers le centre du tableau une barque, contenant plusieurs personnes, glisse le long de la berge.

Le ciel est brouillé, mais clair, et l'impression est d'un jour très-lumineux légèrement sur le déclin.

Exécution très-voulue et en pleine pâte, particulièrement sur les premiers plans.

Haut., 27 cent.; Larg., 45 cent.

A fait partie de la collection Bocquet.

J. DUPRÉ

31 — Rue de village au coucher du soleil.

Le soleil s'éteint, très-rouge, et envahissant d'un
flot de pourpre violacée le large chemin que bordent
de rares maisons et des enclos. Un grand arbre coupé
occupe la gauche du tableau ; sur la droite, une
paysanne apparaît au bord d'un puits que surmonte
un appareil primitif à grands bras de bois pour monter
l'eau. Des poules picorent sur la route dans la
lumière.

Ce tableau est de la première manière de Dupré,
moins empâté que les œuvres postérieures, très-auda-
cieux comme relation de tons.

Haut., 24 cent.; Larg., 42 cent.

FROMENTIN

32 — La Fantasia.

Une immense cavalcade dans une large plaine. Des Arabes la parcourent à toutes brides, agitant leurs bras et poussant des clameurs ; ils s'avancent de droite à gauche et tournent, en déchargeant leurs fusils, devant un tertre d'où l'émir, vêtu de rouge et d'or, assiste à leurs exercices. L'un d'eux, le plus rapproché, a roulé à terre avec sa monture. D'autres arrivent au grand galop, burnous au vent. Celui qui occupe le centre est couvert d'un long vêtement d'un rose très-fin ; tous portent de superbes costumes.

Le paysage est nu ; le ciel est légèrement voilé de vapeurs, d'un bleu intense vers le haut, d'un gris-roux à l'horizon ; le sol est couvert d'une végétation à ras de terre où quelques plantes grasses, presque bleues, apparaissent çà et là.

La finesse est le caractère dominant de la tonalité générale ; l'adresse et la légèreté, celui de l'exécution.

Haut., 1 m. 02 cent.; Larg., 1 m. 43 cent.

A figuré à l'Exposition de 1869.

GÉRICAULT

33 — Lancier rouge de la garde impériale.

Debout, la main gauche retombant le long de son sabre recourbé, la droite posée sur le col d'un cheval bai-brun dont le dos est sellé, mais la tête débridée, le lancier regarde de face. Il est largement coiffé d'un haut chapska rouge, et sa veste, rouge également, est coupée par un ceinturon placé très-haut. Le cheval au repos piaffe légèrement de la jambe droite. L'homme et l'animal se dessinent très-nettement sur un ciel clair et un paysage vague.

Exécution très-vigoureuse et d'une grande harmonie dans une tonalité vive.

Haut., 46 cent.; Larg., 37 cent.

Catalogué sous le nº 223 à la vente de Delacroix.

A fait partie de la galerie du prince Napoléon.

GÉRICAULT

34 — L'Amazone.

Une jeune femme en amazone sombre, coiffée d'un chapeau haut, autour duquel flotte un voile vert, monte un cheval pie qui s'avance au petit trot, de gauche à droite et de profil.

Sa main droite tient obliquement la cravache le long du flanc de l'animal; sa longue jupe pend sur l'autre flanc et descend presque au ras de terre. La taille très-courte et les manches serrées caractérisent les modes du premier empire. Le ciel, très-sombre, d'un gris foncé d'ardoise à la partie gauche supérieure du tableau, s'éclaircit sur la droite en descendant vers l'horizon, mais demeure dans les colorations bleuâtres et grises.

Impression d'un temps d'orage; exécution très-poussée.

Haut., 44 cent.; Larg., 35 cent.

A fait partie de la collection Van Cuyck.
A appartenu aussi à la collection Marmontel.

JONGKIND

35 — **Canal de Hollande.** (Effet de lune.)

La lune troue un ciel très-tourmenté, moutonneux dans les gris ardoisés et qui se réfléchit dans l'eau clapotante d'un canal. Au centre et dans l'ombre des fonds, un vaisseau élève sa mâture nue ; au premier plan, à droite, des maisons d'architecture gothique en bois se profilent en noir, et l'on aperçoit deux barques amarrées à leurs pieds. D'autres maisons de même aspect, mais moins rapprochées, bordent l'eau sur la gauche, et un clocher les domine.

Des lumières vagues tremblottent aux fenêtres.

Impression de froid et d'orage tout ensemble. Exécution singulièrement fougueuse, bien que dans des tonalités exclusivement fines et restant dans la gamme des bleus aux gris.

(Signé : 1853.)

Haut., 60 cent.; Larg., 44 cent.

A figuré dans la vente Marmontel.

MARILHAT

30 — L'Enfant prodigue.

Sur un large chemin qui serpente, parmi des terrains faits de roches arrondies, où fleurissent seulement quelques aloës bleus aux feuilles aiguës, le père et l'enfant se tiennent embrassés.

Sur la droite, des chameliers et leurs bêtes au repos assistent à ce spectacle, projetant sur le sol jaune et fendu leurs ombres allongées. Des maisons de brique très-éclairées apparaissent dans le lointain, et, derrière elle, une colline s'étend vers la gauche, à peine indiquée dans les vapeurs.

Le ciel, d'un azur intense vers le haut du tableau, se résout, à l'horizon, en nuages dorés et lumineux.

Ce tableau est peint dans une manière large, mais avec une certaine sobriété de pâte qui n'exclut pas l'éclat.

Haut., 65 cent.; Larg., 99 cent.

MEISSONIER

37 — Le Joueur de guitare.

Devant une vieille tapisserie mythologique à fond rouge et à figures, un jeune homme à perruque blonde est assis obliquement, le pied gauche sur l'appui horizontal d'une table placée devant lui, l'autre à terre : il joue de la guitare.

Il lit la musique sur un registre adossé à un livre renversé sur le tapis rouge de la table, que surmontent un verre étroit et une aiguière métallique.

Le musicien est vêtu d'une chemisette à larges manches et d'un haut de chausse jaune agrémenté de rubans verts à la ceinture et au genou.

Impression de gaîté dans une chambre qu'éclaire un jour très-lumineux venant de face. Exécution relativement large, quant au fond, très-poussée pour la figure et les accessoires qui couvrent la table. Tonalité à la fois discrète et brillante.

(Signé : 1859.)

Haut., 24 cent.; Larg., 17 cent.

A fait partie de la collection Bocquet.

MEISSONIER

38 — Soldat sous Louis XIII.

Dans une salle pavée, de plein pied avec la rue et où le jour vient par la gauche, le soudard est fièrement campé ; sa main droite nue, qui tient une badine, est renversée sur la hanche ; la gauche gantée, reposant par le poignet sur le haut pommeau de son épée, tient le gant droit du bout des doigts. Des plumes rouges et blanches surmontent son feutre légèrement en arrière, et sa figure, mâle jusqu'à la dureté, qu'accentuent une moustache tombante et une barbiche roide, est puissamment modelée en pleine lumière.

Il est vêtu d'un pourpoint de buffle, et sa culotte d'un rouge grenat s'enfonce dans des bottes molles et très-hautes. Sa longue collerette blanche retombe sur un large hausse-col d'acier.

Exécution très-brillante, dans une tonalité éclatante et procédant par oppositions.

(Signé : 1865.)

Bois. Haut., 28 cent.; Larg., 18 cent.

A figuré dans la vente Marmontel.

MILLET

3{) — Jeune Femme à la lampe.

A la lueur tremblotante d'une lampe de forme primitive pendue à un bâton horizontal, une jeune femme assise coud une peau de mouton. Son costume est celui des paysannes de la Hogue, patrie du peintre : coiffe blanche sur la tête inclinée ; fichu rose à raie blanche se croisant sur la poitrine ; robe de laine épaisse d'un bleu passé. Près d'elle et dans la lumière qui l'éclaire par la gauche, un enfant dont on ne voit que la tête vermeille est endormi dans des draps de grosse toile blanche.

Impression de calme dans un air où vibre une lumière inégale.

Exécution très-large, laissant les contours noyés dans un flot de lumière.

Haut., 1 m.; Larg., 81 cent.

MILLET

40 — La Lessiveuse.

Dans une pièce rustique à haute cheminée, une paysanne verse de la main droite une cruche d'eau bouillante dans une large cuve dont les bords supérieurs sont garnis de linge blanc ; une façon de veste d'un rouge passé entoure sa taille ; sa jupe assez courte est d'un bleu gris, et sa tête, dans l'ombre, est coiffée d'un mouchoir. Sa main gauche soulève légèrement sa cote ; sur un des appuis de la cuve un morceau de savon. Feu clair, au fond, dessinant les contours en rouge et laissant les profondeurs dans une ombre où se dessinent seulement, et d'une façon vague, quelques ustensiles de ménage garnissant le haut de la cheminée.

Impression de lumière venant toute du foyer intérieur. Peinture très-sobre, bien que grasse.

Haut., 44 cent.; Larg., 34 cent.

A figuré dans la collection Cachardy.
A fait partie de la vente Marmontel.

OMMEGANCK

41 — Mouton et Bélier.

Une brebis et un bélier viennent d'entrer dans l'eau pour y boire. Dans le fond, berger et son troupeau.

Le ciel, d'un bleu intense vers le haut du tableau, est parcouru par des nuages arrondis d'un modelé très-póussé et se reflète avec une précision complète dans l'eau transparente.

Exécution d'un grand fini.

Haut., 39 cent.; Larg., 35 cent.

A figuré dans la vente Delessert.

PATER

42 — Halte de chasse.

Dans un site découvert qu'entoure un paysage à la Watteau, des jeunes gens et des jeunes femmes se sont arrêtés pour prendre une collation. Les uns sont assis déjà : une jeune dame au corsage bleu et à la jupe rose d'un satin éclatant, et deux cavaliers, au premier plan, vêtus l'un de rouge, l'autre de bleu.

Les autres sont encore à cheval ; une amazone au corsage violet et à la jupe jaune, montant un cheval isabelle, et un chasseur en chapeau Louis XV.

Exécution très-fine dans une tonalité de fantaisie, mais remarquablement harmonieuse.

Haut., 54 cent.; Larg., 46 cent.

PRUD'HON

43 — Andromaque.

La Troyenne, vêtue de blanc, tend le visage à son jeune fils qui se jette dans ses bras.

Devant elle et poussant l'enfant vers sa mère, une jeune femme dont la tête est coiffée de bandelettes bleues, et le corps revêtu d'une draperie sombre. Derrière et s'appuyant sur le dossier de son siége. une autre de ses femmes les contemple.

Enfin le messager de Pyrrhus, qui rend Astyanax à la captive, apparait dans le fond, drapé de rouge et les deux bras étendus en avant.

Haut., 22 cent.; Larg., 27 cent.

A fait partie de la collection Van Cuyck.
A figuré dans la vente Marmontel.

TH. ROUSSEAU

44 — Le Givre. (Hauteurs de Valmondois, près l'Isle-Adam.)

Paysage légèrement montueux ; terrains d'un vert gris et froid que le givre a enveloppés de petites traînées d'argent qui grimpent jusque sur les bruyères du premier plan. Derrière, une ligne de peupliers se profile en noir sur des monticules qui se perdent dans un fond très-sombre. Le ciel foncé est traversé, au centre, par une traînée de lumière jaune et frangé, à l'horizon, par une bande d'un rouge violent et froid qui éclate, en s'élargissant vers le milieu du tableau, comme un incendie.

Impression de solitude hibernale. Exécution très-large.

Haut., 62 cent.; Larg., 97 cent.

(1845). *Catalogué dans Adolphe Braun.*

Désigné sous le nom de tableau de Troyon, *dans une lettre de Rousseau, du 10 juillet 1861.*

A appartenu aussi aux collections Paul Perrier, Troyon et Bocquet.

TH. ROUSSEAU

45 — Le vieux Dormoir du Bas-Bréau. (Forêt de Fontainebleau.)

Dans un terrain de bas-fond, très-gras, plein de hautes herbes et coupé de petites mares, des vaches de toutes robes sont couchées, paissent ou clapottent dans l'eau, à l'ombre de grands arbres qui commencent à jaunir par places.

La futaie, haute et profonde sur les deux côtés, s'éclaircit au centre, et, vers le haut du tableau, les silhouettes des branchages se découpent très-nettement sur l'azur foncé du ciel. Des lumières très-discrètes traversent obliquement les feuillées et viennent se poser sur le dos de quelques-uns des animaux.

Impression d'un lieu profond, très-frais, par une grande chaleur des derniers jours d'été. Exécution large, bien que les effets soient très-cherchés. Harmonies très-puissantes obtenues par le calme.

Haut., 65 cent.; Larg., 103 cent.

(1836-1837). *Catalogue dans Adolphe Braun.*

Conservé par Rousseau jusqu'en 1867 ; a appartenu à M. Probasco.

TH. ROUSSEAU

46 — Les Bucheronnes. (Plateau de Belle-Croix, forêt de Fontainebleau.)

Un monticule qui va s'aplatissant vers la droite et que surmonte, au centre du tableau, un arbre d'un roux foncé, d'une silhouette tourmentée et pendant sur la route, noueux et tordu. La ligne de terrain se dessine en noir sur un ciel gris clair d'une grande finesse.

Sur la gauche et au premier plan, deux femmes font des fagots parmi les branchages brisés Au tournant du tertre, une autre apparait, qui s'en va sur son âne chargé de bois. Vers la droite et plus loin, un bouquet d'arbres élevés.

Impression de solitude et de paysage dépouillé. Exécution large; les premiers plans très-grassement peints.

Haut., 65 cent.; Larg., 102 cent.

(1837). Catalogué dans Adolphe Braun.
Conservé par Rousseau jusqu'en 1867.
A figuré dans la vente Edwards.

TH. ROUSSEAU

47 — Lisière de Clairbois. (Forêt de Fontainebleau.)

Un bouquet d'arbres très-profond dessine, sur un ciel clair, une silhouette s'arrondissant comme un demi-disque. Il surmonte un terrain dont les roches, couvertes de mousse, s'étagent sur le premier plan, et les couvre d'une ombre profonde. C'est l'angle d'une lisière de bois qui s'enfonce en pleine lumière vers la droite.

Arbre brisé à gauche, s'élançant du bouquet central. A droite, au premier plan, un bouquet d'arbres clairs imprime au tout un sentiment de profondeur et découpe sur le fond ses branchages pittoresques.

Haut., 66 cent.; Larg., 103 cent.

(1836). *Catalogué dans Adolphe Braun.*

A figuré à l'Exposition de 1850-1851.

A appartenu à Thoré, qui le considérait comme un des ta-bleaux les plus étonnants de Rousseau (Revue internationale).

A figuré à la vente Edwards.

TH. ROUSSEAU

48 — Métairie sur les bords de l'Oise.

La rivière s'étale largement sous le ciel qu'elle réfléchit en tons d'un bleu-gris très-fin. Un superbe bouquet d'arbres d'un vert tendre surmonte l'eau à droite, le terrain faisant pointe sur l'Oise de ce côté. En avant, une barque aborde, et plus loin une laveuse se penche. Un coin de maison apparaît de ce côté.

Sur la gauche, la rivière fuit indéfiniment, et la rive n'apparaît qu'à l'horizon, baignée d'une lumière claire et vibrante.

Impression particulièrement riante et exécution très-fine.

Haut., 41 cent.; Larg., 63 cent.

A figuré à l'Exposition universelle de 1867.

A appartenu à la collection du prince d'Aquila.

Gravé par Bracquemont en 1868, pour la Gazette des Beaux-Arts.

TH. ROUSSEAU

49 — Cours d'eau dans la Sologne (près Romorantin).

Paysage plat, légèrement boisé, dont les premiers plans sont dans l'ombre et l'horizon parfaitement lumineux, d'où descend un cours d'eau qui s'élargit au centre, très-transparent et réfléchissant profondément les rives.

Sur le devant, terrains herbeux d'un vert sombre, qu'égayent quelques bruyères roses. Bouquets d'arbres au centre, des deux côtés de l'eau. A droite, arbre dominant les autres et profilant sa cime très-nettement sur le ciel clair.

Les derniers plans sont envahis par un soleil automnal, et les verdures déjà rouillées indiquent la saison.

Impression de sérénité et exécution assez fine.

Haut., 37 cent.; Larg., 55 cent.

(1857). *Catalogué dans Adolphe Braun.*
A appartenu à la collection Khalil-Bey.

TH. ROUSSEAU

50 — **L'Automne au Jean de Paris.** (Forêt de Fontainebleau.)

Sur un tertre couvert de bruyères rousses, de petites roches mousseuses, et que surmontent des arbres dont les silhouettes, en partie nues, sont très-tourmentées, un jeune homme, coiffé d'un chapeau de paille, est assis.

Les branchages rouillés s'enchevêtrent sur un ciel nuageux, pommelé d'éclaircies très-lumineuses, et le découpent avec une précision infinie. Quelques verts furtifs dans les dessous profonds des arbres et sur les terrains traversent ce paysage absolument jaune.

Impression d'automne avancée, au temps des dernières chaleurs. Tonalité générale très-chaude. Exécution grasse et fougueuse.

Haut., 66 cent.; Larg., 55 cent.

(1846). *Catalogué dans Adolphe Braun.*
A appartenu à la collection Crabbe (Belgique
A figuré dans la collection Didier.

TH. ROUSSEAU

51 — Plaine et Marais.

Au premier abord, aspect de landes et de paysage hollandais tout ensemble.

Le ciel, d'un gris métallique, atteint, à l'horizon, des éclats d'acier. Tel il se reflète dans les flaques d'eau et sur les faces aiguës des pierres qui couvrent le terrain, absolument plat et indéfini. Des bandes de lumière parallèles à l'horizon le traversent; des tons roux, d'une excessive finesse, et quelques silhouettes maigres d'arbres lointains y sont les seules traces de végétation. Des miroitements de lumière s'étendent sur l'eau et s'accrochent aux angles des roches basses.

Grande impression d'étendue dans une atmosphère très-limpide et très-vibrante. Exécution d'un faire assez gras.

Haut. 41 cent.; Larg. 53 cent.

A appartenu à la collection Boyard.

TH. ROUSSEAU

52 — Landes boisées dans la Sologne.

Paysage d'automne, par un jour très-clair. L'horizon rectiligne n'est coupé qu'à la partie gauche du tableau par la silhouette de quelques grands arbres plantés au bord d'une mare argentée, qui occupe le centre, et d'où une laveuse revient, son linge sur la tête. Les terrains qui occupent la droite sont pierreux, et des bruyères rares en jaillissent seulement. Quelques arbres isolés apparaissent cependant dans le lointain.

Impression de grande lumière tamisée par un ciel nuageux, mais non profondément. Tonalité d'une remarquable finesse, dans la gamme des gris-vert et rouillés. Exécution très-poussée.

Bois. Haut., 33 cent.; Larg. 43 cent.

(1862). Catalogué dans Adolphe Braun.
A figuré dans la vente Marmontel.

TH. ROUSSEAU

53 — Lisière de petit bois.

Sur un terrain plat, des arbres à demi dépouillés découpent un ciel très-clair et se reflètent, à droite, dans une eau transparente et peu profonde. Assez élevés, dans la partie gauche, mais très-clairs et montrant toujours le fond par places, ils découvrent. de l'autre côté, un horizon légèrement boisé. Vers le centre, un arbre brisé.

Impression d'automne par un jour très-clair et un air très-calme. Très-sobrement peint.

Haut., 27 cent.; Larg., 25 cent.

A appartenu à M. Ziem.

TH. ROUSSEAU

54 — Souvenir du bois d'Oncy. (Pays de Lantare, en
Gâtinais.)

Paysage particulièrement riant. Un ruisseau bleu
le traverse se perdant, vers la droite, derrière ses rives
verdoyantes. Bouquets d'arbres arrondis, d'un vert
tendre que la lumière dore vers les cimes, amoncelés
sur la gauche, plus séparés sur la droite. Une grande
traînée de lumière, au fond, teinte l'herbe et les bois
d'un vert tirant sur le jaune, très-caractéristique et
d'une grande finesse. Le ciel clair atteint une grande
intensité de lumière à l'horizon.

Impression de chaleur et d'ombre alternées suivant
les places. Exécution très-poussée.

Haut., 3o cent.; Larg., 47 cent.

(1857). *Catalogué dans Adolphe Braun.*

TROYON

55 — Le Gué.

Cinq vaches sont descendues dans l'eau peu profonde, formant une file qui chemine en tournant et occupe toute la partie droite du tableau dont elle dépasse le centre. La vache du milieu qui retourne la tête est blanche, les quatre autres ont des robes sombres, avec quelques petites taches blanches.

Elles suivent le contour d'une pointe de terre qui saillit à droite, au second plan, portant une cabane de bois et une saulée pleine de lumières d'argent.

Sur la gauche, le cadre coupe un bateau de la forme de ceux qu'on appelle *chalands*. L'eau fuit jusqu'à une rive mince, sans accident, faisant horizon.

Le ciel est brouillé mais dans une gamme très-lumineuse et se réfléchit fidèlement dans l'eau où la robe des bêtes se reflète également avec beaucoup d'intensité.

Impression d'un Albert Cuijp dans une lumière plus vibrante. Exécution très-grasse.

Haut., 40 cent.; Larg., 59 cent.

A appartenu à la collection Barollhet ; à celle du prince Napoléon ; à celle de M. le prince d'Aquila.

TROYON

56 — Berger et Moutons.

Dans un paysage très-plat, sous un ciel couvert
mais lumineux qu'un vol lointain de corbeaux traverse vers la gauche, un berger en long manteau est
debout, appuyé sur son bâton, un peu vers la droite.

Vu de derrière, il découpe en noir sur l'horizon
une silhouette très-nette. Trois moutons debout
occupent le centre du tableau ; à leur droite, un peu
en avant, un groupe de moutons est couché. Derrière
et plus vers la droite, d'autres moutons debout se
profilent sur la nue. A leur gauche, un mouton noir
broute entre deux moutons blancs couchés.

Impression calme et exécution grasse.

(Signé : 1857.)

Haut., 37 cent; Larg., 57 cent.

TROYON

57 — Vaches au soleil couchant.

Sur un tertre de verdure qui descend, en pente très-douce, de la droite du tableau pour s'y aplanir dans un paysage sans accident, sont deux vaches au repos. L'une, couchée, le museau faisant presque face, a la robe blanche tachetée de marron et occupe le centre du tableau. L'autre, à droite, est debout, se présente obliquement par derrière et a la robe d'un roux foncé.

D'autres vaches apparaissent dans le fond, se profilant sur l'horizon dans la lumière jaune d'un couchant avancé.

Peinture grasse et lumineuse dans une gamme chaude mais discrète.

(Signé : 1853.)

Haut., 35 cent.; Larg., 55 cent.

TROYON

58 — Retour du troupeau.

Sur un chemin plat, dans un paysage brumeux et fuyant, un berger vêtu d'une blouse bleue, coiffé d'un chapeau de paille marche au milieu de son troupeau.

Sa main droite tient un bâton, et, de la gauche, il tend un brin de feuillage à un de ses moutons.

Haut., 81 cent.; Larg., 63 cent.

TROYON

59 — Animaux à l'ombre au bord d'une mare.

Dans un paysage peu profond, très-boisé à droite jusqu'au centre, découvert dans la partie gauche du tableau, des moutons broutent et sont couchés au bord d'une mare qui occupe le premier plan.

Derrière eux trois vaches : une rousse à tête blanche, qu'une petite fille en cotte rouge taquine d'un bâton, les deux autres plus éloignées. Un berger dont la figure disparaît sous son chapeau de paille est assis sur le devant, à droite, et caresse son chien.

Impression de grande chaleur. Exécution grasse et lumineuse.

Haut., 31 cent.; Larg., 40 cent.

A appartenu à la collection Khalil-Bey.

TROYON

60 — Garde et Chiens.

Dans un paysage d'aspect normand, sur un petit tertre occupant la gauche du tableau, un jeune homme en blouse bleue et en chapeau de paille est assis. Il tient en laisse deux grands chiens de chasse, l'un blanc tacheté de roux, l'autre blanc tacheté de marron.

Un coup de soleil illumine le centre du tableau, frisant les épaules et la tête du garde, ainsi que l'échine du chien de droite, le gauche étant en pleine lumière.

Peint dans la manière la plus sobre du maitre.

Haut., 46 cent.; Larg., 38 cent.

ZIEM

61 — Vue de Stamboul.

Derrière le panorama de la ville en amphithéâtre, le soleil couchant apparait comme un disque d'un jaune clair, faisant flotter un ruban lumineux qui va s'élargissant sur le flot d'un bleu intense au premier plan, d'un bleu gris très-fin dans l'éloignement. Une plage roussâtre tournant de droite à gauche l'emprisonne sur le devant.

La silhouette qui ferme l'horizon va s'élevant vers la droite où un dôme immense apparait entre deux flèches, le tout étant noyé d'un brouillard lumineux.

Une voile blanche à gauche, plus près et à droite une barque longue et montée de rameurs couchés sur l'aviron, animent cette large étendue d'eau.

Impression de brume très-lumineuse. Exécution pleine d'éclat et très-grasse dans une gamme de blonds, de bleus-gris et de jaunes clairs d'une grande finesse.

Haut., 85 cent.; Larg., 116 cent.

A figuré à l'Exposition de 1867.

ZIEM

62 — Vue de Venise.

Un coin de quai à droite ; puis, fuyant vers la gauche, un long développement de maisons et de monuments.

Le plus élevé, qui occupe la droite, est rectangulaire dans le goût moresque, surmonté d'une tour polygonale mince et couronné d'un clocher en pointe. Des dômes apparaissent par derrière ; un bateau à voile est devant.

Vers la gauche, à l'horizon, la mâture d'un vaisseau, et derrière se dressent des dômes perdus dans les vapeurs marines.

Une gondole file de droite à gauche vers le centre du tableau.

Le ciel très-éclatant, que parcourent en haut de la toile de petits nuages orange, se reflète en gris-bleu dans l'eau où clapotent, au premier plan, des reflets de pourpre.

Toute la partie gauche, monuments et tableaux, est enveloppée de tons roux très-chauds.

Exécution pleine d'éclat.

Haut., 85 cent.; Larg., 116 cent.

A figuré à l'Exposition de 1867.

MIRE ISO N° 1
NF Z 43-001
AFNOR
Cedex 7 - 92080 PARIS-LA·DEFENSE

graphicom

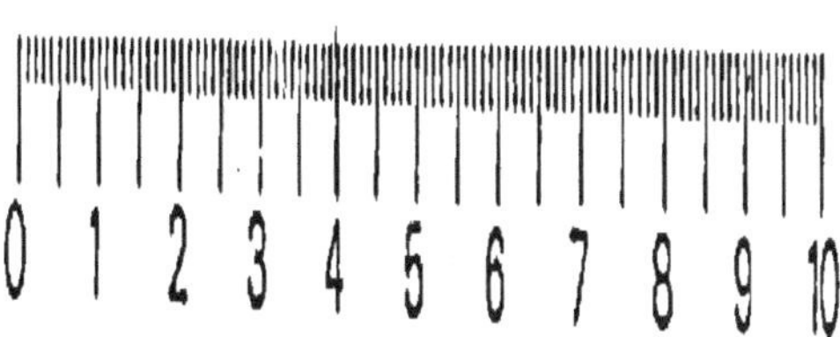

BIBLIOTHEQUE NATIONALE DE FRANCE

****

CHATEAU DE SABLE

1995